MÉMOIRE

EN FAVEUR

DE L'ABOLITION

DE LA PEINE DE MORT,

PRÉSENTÉ À LA SOCIÉTÉ DE LA MORALE CHRÉTIENNE LE 30 MARS 1836,

PAR Mme ÉGÉRIE.

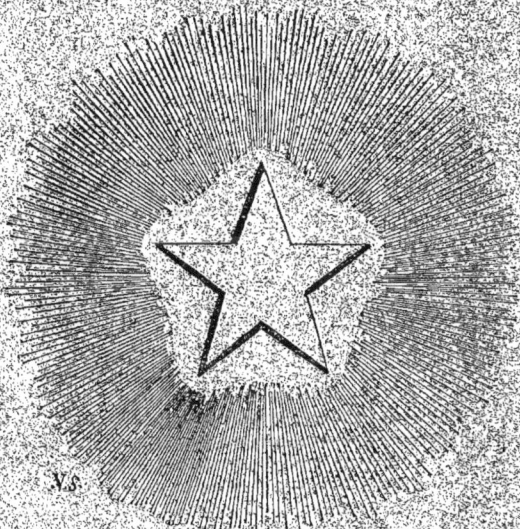

.V.

PARIS

CHEZ DELAUNAY, LIBRAIRE,

AU PALAIS-ROYAL, 182 ET 183, PÉRISTYLE VALOIS.

1836

MÉMOIRE

EN FAVEUR

DE

L'ABOLITION

DE LA

PEINE DE MORT,

PRÉSENTÉ A LA SOCIÉTÉ DE LA MORALE CHRÉTIENNE LE 30 MARS 1836.

PAR Mme ÉGÉRIE.

> La lettre ne doit jamais se pétrifier, quand les
> choses sont progressives. — Si la lettre résiste, il
> faut la briser.
>
> (Victor Hugo.)

PARIS

CHEZ DELAUNAY, LIBRAIRE,

AU PALAIS-ROYAL, 182 ET 183, PÉRISTYLE VALOIS.

1836

NotA. Ce petit ouvrage était sous presse, lorsqu'il me fut conseillé par quelques personnes à qui je fis la lecture de la première épreuve d'arrêter le tirage pour cause de défauts de style. — A les entendre, je n'avais écrit qu'un galimatias de mots, qu'un cliquetis de pensées sans cohésion et irréalisables. « Développez mieux vos idées, me dit-on, écrivez des romans ; c'est en délayant les couleurs qu'on les fait ressortir. — D'ailleurs, à quoi peut vous conduire d'user votre temps et vos moyens pécuniers à la publication de principes que la société repousse et ne saurait adopter ? etc., etc. »

Écrire des romans ! délayer ma pensée ! il faudrait le pouvoir, il faudrait le savoir !..... Si j'ai crié, si je crie bien fort, et durement peut-être, c'est parce que j'ai souffert, parce que je souffre, parce que je vois souf_ frir, et que la persistance jointe à l'opportunité du moment font taire en moi tout amour-propre. — J'écris sans ordre et sans règle de composition, c'est vrai ; mais dans l'impatience qui me fait chercher à inculquer dans les cœurs et les têtes une nouvelle direction, on ne doit voir que le besoin profondément senti par moi de nous élancer tous d'un commun accord dans un meilleur avenir.

Que mes amis me pardonnent donc de les mettre dans la nécessité de rompre des lances pour moi avec ceux qui attaqueraient mon peu de savoir-dire, mon peu de logique raisonnée.

Si, au milieu de tribulations de tous genres, il m'est venu l'inspiration d'écrire, ce ne pouvait être des œuvres de longue haleine ; des ouvrages finis ; je ne le pourrais....... Je laisse à ceux qui me critiqueront le soin de faire mieux que moi. — Qu'on ne me conseille donc plus d'assouplir ma pensée, de la traduire en flonflons en effleurant le sentiment. J'avoue que ce n'est pas la mission que je me suis conçue, ni le véhicule de mon activité. — Le torrent qui court vagabond à travers champs et montagnes saurait-il respecter des bords fleuris, ainsi que le fait le lac tranquille ?.....

J'appelle sur mes écrits un jugement de cœur, non un jugement de goût ; car ce n'est pas de la littérature érudite et pimpante que je veux faire ; mais bien de la religiosité ; mais bien de l'avenir dans une unité complexe et divine ; mais bien de l'espoir pour *tous* dans une providence qui appartient à *tous*. — Je le répète ; qu'on puise au fond, et l'on verra ce qui m'a fait agir.

Au Père Enfantin

EN ÉGYPTE.

———————✦———————

Père! c'est à vous que je dédie ce petit opuscule; à vous, auprès de qui j'ai puisé les principes qu'il renferme et la force d'en rendre témoignage devant ce monde où vous êtes encore incompris.

Une société philanthropique et religieuse qui recherche avec ardeur *la vérité* avait ouvert un concours au meilleur mémoire en faveur de l'abolition de la peine de mort. N'écoutant que mon désir d'accélérer le progrès dans la cause générale, je me suis présentée audacieusement, persuadée qu'une conviction aussi profonde que la mienne n'a pas besoin du vêtement des formes littéraires pour arriver au cœur de ceux qui sentent fortement.

Je savais bien que mon petit mémoire ne pourrait pas être couronné. Il était trop parfumé aux plis de la tunique que vous nous avez laissée [1] pour pouvoir être apprécié tout d'abord..... Mais je ne me décourage pas..... je lui donne de la publicité, et j'y ajoute cette dédicace. Heureuse de pouvoir attacher mon nom à l'hommage public que je me complais à vous rendre!

[1] *Le Globe.*

Père! puissent vos hautes prévisions sur le nouvel équilibre social si généralement pressenti et désiré, s'accomplir ainsi que vous l'avez formulé dans votre sagesse! Puisse la sublime révélation sortie de votre sein [1] fermenter dans les masses comme la végétation au printemps, et apporter aux générations étonnées le véritable lien fraternel qui les unit en DIEU! *Unité d'efforts convergeant au même but.*

Père! en vous, en l'avenir, salut et espoir !

ÉGÉRIE.

[1] *L'Appel à la femme.*

MÉMOIRE

EN FAVEUR

DE

L'ABOLITION

DE LA

PEINE DE MORT,

Ce n'est pas en jurisconsulte que je vais aborder l'appel fait par la Société de la morale chrétienne en faveur de l'abolition de la peine de mort ; je ne connais pas le droit écrit, ni les Codes de lois, sorte de lettre-morte, lorsque la sensibilité humaine n'y apporte pas à chacune de ses modifications progressives, une nouvelle interprétation, une nouvelle vie.

La tâche que je vais essayer de remplir ne sera pas pour moi sans de grandes difficultés. D'une part, il me faudra souvent scinder ma pensée toute d'inspiration dans les limites d'un article de politique sociale ; et de l'autre, tâcher de faire cependant surgir du milieu de cette morcellation de sentiment et de vie, un éclair d'espérance et de foi, un peu unitaire, sur cet avenir que tous cherchent, épient ou calculent, et auquel j'aspire trop spontanément peut-être, pour pouvoir en jeter l'expression ailleurs que dans quelques cris d'invocation et de foi.

Mes sentimens communiant entièrement sur la

question en elle-même avec ceux de la respectable Société qui vient d'ouvrir un si noble concours, j'ose prendre prétexte, plutôt que texte de cette question même, pour étendre quelque jour sur celles qui lui sont adjacentes et corollaires, qui, comme elle, ont pris naissance dans les dogmes mourans du passé, et sont minées, ébranlées, par le culte vivant d'aujourd'hui ; je veux m'attacher à faire sentir qu'en remuant cette question, on les remue toutes, que leur solution est *une* et identique, et repose essentiellement, intégralement sur la solution de ce théorème : *Le plus grand bonheur possible pour le plus grand nombre.*

Comme femme, si je sacrifie la forme ou les formes au fond, si j'obéis au besoin nouveau et puissant de jeter un son de voix de plus au milieu des protestations de tout timbre et de toute sorte que chaque soupir humain voit éclore de nos jours contre nos combinaisons sociales ; si je lance hardiment une affirmation de cœur à ceux qui approfondissent largement et loyalement les améliorations incessantes que demande en criant, en se lézardant de toutes parts, notre vieille civilisation, c'est surtout pour répéter bien fort les mots de synthèse d'unité, d'intégralité. C'est pour crier : Pratiquons ! résumons ! aux oreilles des analyseurs individuels, nouveaux fétichistes qui se cramponnent de toute la force de leur égoïsme à la chose analysée, l'empêchent de s'unir à la chose déjà sentie, et de nous redonner *Dieu, l'unité, la vérité, la foi!...* C'est pour faire sentir à ce législateur philosophe, tout tâtonneur et tout absorbé dans le redressement d'une seule anomalie sociale , qu'il n'est besoin encore de juridiction nouvelle, mais plutôt et d'abord de bien-être matériel ; qu'il est besoin d'asseoir les fondemens de l'édifice d'avenir, et non de songer si tôt à sa coupole ; que c'est à la richesse et à la liberté matérielle que doivent tendre les efforts régénérateurs pour devenir vraiment efficaces ; que c'est sur l'observation et la coordination des intérêts et lois vivantes dites passions humaines , et non plus sur leur répression par des lois dites politiques et religieuses, que doit s'appuyer, se baser la transformation harmonique et pacifique des mœurs et habitudes; que c'est à l'industrie seule qu'est donnée, sous le titre de culte nouveau , la clef de l'association , la clef de l'unité sociale humanitaire, la clef du *bonheur-vérité* et l'expression présente des desseins de *Dieu.*

Il faut qu'ils voient bien, ces hommes, que tant qu'ils n'auront pas remplacé dans leur cœur Dieu par Dieu, l'amour par l'amour, l'idée toute timide et nuageuse de l'unité par la science exacte et par la sensation même de l'unité ; tant qu'ils ne sentiront pas l'intérêt individuel identique à l'intérêt général ; tant qu'ils ne sentiront pas surtout leur gloire dans leur bonheur, rien ne sera accompli ; rien ne sera solide ; rien ne sera décidément bien ou mal , juste ou injuste ; rien ne sera à sa place ; rien de fini ne pourra s'attacher aux ailes de l'art et de l'inspiration pour toucher à l'infini ; rien ne saura réveiller l'enthousiasme seul mobile qui puisse relier et gouverner les passions dont notre généreuse France foisonne.

Rapprochons-nous de la question :

§ Ier.

Lorsque le lien social se dissout, les perturbations de tous genres deviennent normales. Les têtes roulent sur l'échafaud sans prévenir de nouveaux crimes, que d'ailleurs les éloquentes et rationnelles protestations des condamnés en Cours prévôtales et Cours d'assisses ne font que provoquer.

C'est qu'appliquer la loi n'est pas répondre, et que nos magistrats aux habitudes passives, attachés à la lettre surannée de la loi, sont par vocation inhabiles à sonder les plaies de l'époque. Pendant ce temps la société entière, les yeux tournés vers le lieu du supplice, reste pensive, stupéfaite, le cœur soulevé par la sympathie et la douleur, l'esprit agité par le doute et l'horreur; car depuis qu'elle ne voit plus *le bien* et *la vertu* là où le passé le lui montrait, elle est prête à refuser le nom de *mal* et de *vice* à ce qui hier encore soulevait son indignation.

Dans un tel état de choses, chacun s'adresse cette question, à savoir si l'assassinat et le suicide sont l'appendice obligé et irrémédiable de l'état de civilisation? La négative ne saurait être douteuse à qui sait apprécier ce que pourraient les efforts combinés de quelques initiateurs qui deviendraient religieux et saints pour tous, s'ils appuyaient de leur bonne volonté et de leur clairvoyance, la puissance qui leur a été providentiellement dévolue.

S'il est dans l'espèce humaine une puissance occulte qui la pousse inévitablement et invariablement à la satisfaction de ses besoins, s'opposer à cette force motrice de toutes ses actions est se mettre en désaccord avec la plus forte des forces, avec la plus grande expression de la *loi de Dieu.* Le mur que l'on construit imprudemment trop près d'un arbre, est tôt ou tard renversé par la sève de celui-ci, car la sève ne connaît pas d'obstacles. Chercher à établir des vertus gigantesques, montées sur des échasses, serait pareillement et plus que jamais une aberration. Tout le monde doit sentir que pour se conformer providentiellement avec la force et la disposition des tendances actuelles, bien mieux serait de trouver le moyen d'accepter, de légitimer le développement des dispositions naturelles de chaque individu; de satisfaire à tous les intérêts en les associant; de telle manière que du contraste le plus grand ressortirait la plus grande harmonie et le meilleur engrènement de tous les rouages sociaux. Tout le monde doit sentir que c'est seulement de la possibilité pratique d'un tel moyen, d'une telle destinée prochaine, que pourra surgir pour l'homme une nouvelle preuve de l'immense bonté de *Dieu;* une nouvelle preuve du triomphe du principe *bon* sur le principe *mauvais;* un nouvel instinct religieux. Trouver cette combinaison, ce moyen, cette science, serait le machiavélisme le seul digne de notre époque. Car, lorsque la société marche d'une allure précipitée et indomptable vers la joie et le bonheur, et lorsque le progrès sort par toutes les fissures faites par nos besoins journaliers à notre vieille civilisation, il est évident que ce n'est ni l'abnégation, ni la résignation qui peuvent suffire à l'ordre moral.

S'il est généralement reconnu que la satisfaction raisonnée des besoins du corps, fait le bien-être de l'ame, il doit être aussi reconnu que les besoins non satisfaits et refoulés se transforment en passions, et que celles-ci à leur tour, poussées à bout par les obstacles qui leur sont opposés, deviennent délire et rage... Alors il arrive un moment où, comme l'ont signalé les grands criminels d'état et les assassins, on n'a d'autre alternative, pour se venger d'une routine brutale et démoralisante, que d'apporter le désordre et la mort dans cette société imprévoyante et marâtre; et la vie n'offrant plus aucuns charmes, on se complaît à la jouer; on en calcule les chances, et bientôt, dans les rêves du criminel, le Code devient le damier, les têtes les pions... Malheur seulement à qui se laisse faire mat!

Si un phénomène non moins déchirant et plus anormal, engendré par l'isolement, le doute, le découragement; si le suicide vient comme un vampire ronger ce qui reste de plus tendre dans le cœur social, faire trébucher l'élan des enfans vers l'avenir, et reprocher aux hommes mûrs leur incurie humanitaire et leur temps d'arrêt, ne serait-il pas décidément temps et besoin de faire opérer une grande déviation dans les préoccupations individuelles? de créer une puissance astringente à cette activité morale qui se dilate et se perd? Ne serait-il pas opportun par devant même ce qu'on appelle simplement le *bon sens*, de rattacher d'abord l'homme à l'homme, et les hommes à cette terre (à laquelle ils sont soudés, quoi qu'en disent les spiritualistes) par les mille bienfaits et les mille liens tout-puissans d'attraits et de prestiges, attachés au sein de l'industrie et qui se développent par elle?

Car si nous daignons seulement jeter quelques regards investigateurs sur ces affluences populeuses qui, pour déroger un moment au calme plat, à la monotonie qui les tue, s'agitent et se pressent, l'ame béante, à la moindre occasion solennelle, ne nous devient-il pas clair, bien sensible, et comme indispensable d'argüer de ce besoin de spectacles et d'émotions dont chacun est avide, la possibilité, intuitivement pressentie et rationnellement praticable d'une épopée humanitaire que l'industrie est appelée à fonder avec le secours de la science? Les œuvres les plus rudes ne pouraient-elles pas devenir attrayantes par la manière d'y procéder, et les femmes ne devraientelles pas pouvoir y apporter la participation toute moralisante de leur puissance?

Certes, ce ne serait là qu'un acte de haute justice. Le droit imprescriptible de leur liberté commence à être senti, et même revendiqué par plusieurs d'entre elles. Cette moitié de l'espèce humaine ne pourra

long-temps encore rester à la place étroite qui lui fut
assignée, et que sa trop grande soif de dévouement
et d'amour lui fit accepter avec foi, tant qu'elle n'eut
à presser dans ses bras que l'homme esclave-op-
presseur, au lieu de l'homme libre-heureux. Mais la
force morale des femmes a grandi avec l'intelligence
et la liberté de l'homme. Aujourd'hui elles sentent
leur mission importante à tous. Il leur faut de l'air individuel dans l'atmosphère générale ; il leur faut le
libre exercice de leurs facultés intellectuelles et physi-
ques ; mais surtout, *mais surtout* l'exercice entier de
leur amour, le sceptre de la puissance morale.

Si les femmes, comme on ne peut le nier, sont
par nature essentiellement pacifiques, harmonisantes,
conservatrices, synthétiques ; si elles ont le génie du
bonheur, comme l'homme a le génie de la vérité,
pouvez-vous, hommes, les empêcher de se réveiller de
leur sommeil d'esclaves pour sourire à la vie de tous ;
de se révéler à elles-mêmes, et de vous révéler leurs
rêves de bonheur ? Pouvez-vous aujourd'hui encore
étouffer leurs manifestations, quand vous soupirez
depuis si long-temps, quand vous cherchez si péni-
blement des garanties pour la paix sur la terre, pour
l'harmonie humanitaire, pour l'unité religieuse, et
le bonheur-vérité ?....... Les femmes ne porteraient-
elles pas dans leur sein les nœuds de bien des désirs
aujourd'hui stériles, les secrets des mystères de joie et
de bonheur, de poésie et de science même, le remède
à bien des tortures morales ? La femme n'est-elle pas
essentiellement praticienne ? N'est-elle pas la poésie

du moment?... Lui donner la clef de la science, ne serait-ce pas naturaliser la science, l'attacher au baiser de la mère, et lui donner le goût d'amour?.........

Mais vous-mêmes, hommes! quand il vous advient d'être naturellement vrais et sensibles, ne sentez-vous pas que si, comme une providence vivante, la médiation sociale de la femme vous était spontanément acquise, vous vous écrieriez avec le poëte religieux :

> Quelle Jérusalem nouvelle
> Sort du fond des déserts brillante de clarté,

. . . .

. . . .

Oh! oui, nous le répétons, c'est au bonheur que doit tendre la vérité, c'est à la vérité que doit tendre le bonheur! Leur importance et leur sainteté sont à jamais égales; l'une se révèle par l'autre et dans l'autre. Telle portion de l'humanité a pu, dans son jeune et pénible développement, travailler par momens plus exclusivement à l'une qu'à l'autre; mais l'humanité entière n'a grandi que pour les confondre à l'avenir dans un seul sentiment, dans un seul besoin, dans un seul instinct.

A vous donc, hommes, de diriger sur le *travail collectif*, toutes les ressources et les lumières de votre science et de vos sciences, pour arriver à ce bonheur commun, que les femmes, par spontanéité ou science innée, vous analyseront, vous décomposeront à l'envi en mille nuances, en mille saveurs, et vous révéleront, profond comme l'infini, comme la vérité, comme *la vie*, comme *Dieu*.

A vous, hommes, à votre science, l'économie de l'activité humaine ! A l'amour de la femme l'économie de la passivité ou de l'impression morale !... Que l'E-vangile de la fraternité remplace les manœuvres stra-tégiques et spoliatrices ! qu'un pacte fédéral lie à ja-mais tous les individus, toutes les nations, et établisse le *travail* comme base infaillible de toute prospé-rité !

Pour l'initiation à ce développement industriel, il faut, observe-t-on, d'immenses capitaux. — S'en procurer sans secousses serait donc la première des nécessités. — C'est à cet effet qu'il fut présenté, il y a quelques mois, au ministre de l'intérieur l'idée d'une souscription volontaire par coupons de vingt francs, lesquels, calculés par séries et mis en loterie, pour-raient, à chaque vingt-cinquième échu au tombola, porter une action représentant une valeur de cinq cents francs sur une entreprise à former pour l'éta-blissement d'un chemin de fer partant de Paris pour une de nos grandes villes du Midi, et qu'il fallait sup-poser devoir coûter cent millions. Mais cette idée a dû s'enfouir dans les cartons du ministère pour for-mer nombre avec toutes celles qui sortent de la rou-tine ordinaire des budgets, et qui offrent de l'avenir.

Au reste, ceci n'était qu'un moyen de se procurer des fonds considérables. Il en est une foule d'autres qu'on pourrait mettre en pratique par un mode nou-veau et sans occasioner aucune vexation.

Les capitaux une fois réalisés, il resterait à en faire l'application à de grandes œuvres industrielles, où les arts, la science et l'industrie pussent se déployer. — Si la guerre, en secouant sur la terre ses désolations et ses misères, a eu ses lauriers et ses prestiges, à bien plus forte raison les légions industrielles pourraient-elles, à leur tour, avoir leur poésie et leur gloire à implanter dans un pays qui ne demande que quelques soins pour relier entre eux tous les corps d'industries diverses? — Si tous les besoins des travailleurs étaient prévus, s'ils étaient eux-mêmes classés, hiérarchisés, convenablement rétribués, et récompensés par des décorations particulières et spéciales; s'ils étaient revêtus d'un uniforme *ad hoc*, selon leur utilité dans l'œuvre générale; si des chefs éclairés et religieux se mettaient à leur tête, alors nous trouverions, croyons-le, des volontaires, que l'amour du grand et du beau enflammerait à bien plus juste titre que nos volontaires militaires ne doivent s'enflammer pour aller donner la mort ou la recevoir eux-mêmes.

Mais il faudrait organiser ces nouvelles légions avec luxe et attrait de nouveauté; il faudrait en faire un sujet de culte, afin d'y appeler le concours des arts et des femmes. Il faudrait que des tentes élégantes fussent élevées sur le passage des travailleurs, où ils pussent trouver leurs campemens et leurs garnisons, leurs cantines bien servies, leurs fanfares et leurs spectacles; il faudrait que les *honneurs* fussent accordés au mérite et aux actions qui en dérivent. Alors on verrait le travail avoir de l'attrait; on saurait d'où l'on part et où l'on va. Les crimes diparaîtraient peu à peu, l'oisiveté ne serait plus qu'un mot vide de sens; le peuple joyeux ne songerait plus à conspirer dans l'ombre; car toute conspiration deviendrait impossible. Alors le nom de *roi* s'unirait à celui de *régénérateur*, de *père social;* il serait grand dans cette belle France, que les siècles antérieurs portèrent dans leur sein, comme pour servir un jour de tête d'archange à la nouvelle alliance entre toutes les nations ! France! France! à l'œuvre!... tous les peuples te contemplent encore ! !...

§ II.

Quoique tout ce qui vient d'être dit fasse, je l'espère, assez pressentir par quel moyen on pourrait éviter le besoin de l'application de la peine de mort, et, par conséquent, ne sorte pas du but proposé, je vais aborder plus directement la question elle-même.

Assurément, de long-temps les passions ne pourront assez se résumer en amour, pour qu'il ne faille pas maintenir un système pénitentiaire; mais ce système doit allier à la sévérité la tendre affection maternelle. Or, si la mère châtie, redresse et élève ses fruits avec une admirable vigilance et un amour éclairé, de même la société, qui est la *mère née* de *l'individu collectif,* ne doit-elle pas suivre cet exemple, et ne plus salir son avenir par de sanglantes corrections, qui répugnent sur tous les points à l'œil du présent? — Il serait, certes, très-facile de remplacer la peine capitale par l'application d'un châtiment proportionné à la criminalité. Le travail des mines, l'ex-

patriation temporaire pour des implantations colo-
niales, les durs terrassemens souterrains, etc.; en un
mot, tous ces mille et mille travaux auxquels nos pau-
vres prolétaires sont astreints de se résigner, et qui
étouffent souvent en eux les germes de spécialités plus
nobles ; ces travaux, dis-je, ne seraient-ils pas appli-
cables à ces hommes chez lesquels l'amour du bien est
encore inconnu ; en laissant, toutefois, une porte
toujours ouverte à leur conversion, et propre au développement de leur cœur; afin que si, avant l'expi-
ration de la peine, le coupable méritait par une con-
duite exemplaire d'être distingué, il fût amnistié et
réintégré dans l'étendue de ses droits sociaux, sans
que jamais aucune récrimination ne pût peser sur lui?
— Par ce moyen, on ne mettrait plus l'homme criminel dans l'impossibilité de pouvoir se repentir, et l'on
ne priverait plus la société de l'un de ses membres,
qui dans d'autres circonstances, pourrait devenir
précieux. — N'est-il pas à remarquer que ces ima-
ginations turbulentes qui recherchent par tous les
moyens la possibilité d'assouvir leurs passions, au-
raient pu se distinguer par leurs forces énergiques et
soutenues, si elles eussent été mieux dirigées? —
N'existe-t-il pas des milliers de preuves que des con-
tumaces sont devenus des hommes honorables? Il ne
faut souvent qu'une occasion d'exploitation hasar-
deuse, pour utiliser vers un but commun ces êtres
auxquels il faut à tout prix de fortes émotions.

D'ailleurs, si l'homicide fait horreur, pourquoi s'en
rendrait-on coupable de sang-froid, en condamnant à

mort le malfaiteur ? N'est-ce pas, pour ainsi dire, s'assimiler à lui, que d'exécuter avec raisonnement et préméditation le même crime d'homicide, dans lequel sa passion le poussa ? Oui, l'idée même d'un échafaud est une pensée criminelle et homicide ! !... Mais, dira-t-on, il faut bien délivrer la société des êtres malfaisans ; d'accord : s'il n'y avait aucun moyen d'utiliser une mécanique qui fonctionnerait mal, il faudrait la briser..... Mais la société a tant de besoins divers, qu'il ne peut lui être difficile de trouver l'emploi de quelques individus égarés que l'application même de la correction pourrait redresser. — Un homme est un mécanisme précieux qu'il faut chercher à conserver par tous les moyens possibles. — Ce n'est pas à nous d'expliquer les secrets de la Providence sur l'agent qu'elle s'est donné ; car si nous ignorons la véritable destination de l'espèce humaine, pouvons-nous prévoir quel peut être le dernier mot de chaque destinée en particulier ? — Tout est mystérieux dans ce qui donna et donne l'être... et tout devrait être respecté dans ce secret impénétrable ! Nous ne pouvons donc, sans crime de lèse-humanité, empêcher le développement d'aptitudes innées, et qui semblent être autant d'enseignemens que Dieu nous donne de ses desseins.

Ouvrons plutôt mille débouchés à ces fortes natures qui, manquant d'air, ayant soif de vie, vont en chercher, soit dans leur mort, soit dans la mort des autres. — Légitimons ces passions que nous ne pouvons vaincre, et leur action naturelle et pondérée

ne sera jamais égale à leur réaction forcée et aveugle.
— Sanctifions les lois de la nature dans nos lois humaines, et en appréciant la présence de *Dieu* en toute
chose, gardons-nous d'apporter une main sacrilège
sur son œuvre de prédilection.

§ III.

Je voudrais pouvoir, sans m'élever ici à de hautes
abstractions métaphysiques, faire sentir combien nous
devrions être tous intéressés à cette rénovation sociale,
non-seulement pour le moment actuel, mais encore
pour la *vie future* qui est devant nous. — Je vais essayer, du moins, autant que mes faibles moyens peuvent
me le permettre, de faire passer *ma foi* dans cet écrit.

Je compare notre chétive existence sublunaire dans
ses mouvemens oscillatoires aux vastes et universels
mouvemens des globes célestes. Je dis que je compare, autant toutefois que la *minime* partie *connue*
peut être comparée au *tout inconnu*. Ainsi, raisonnant
hypothétiquement, si l'univers est mû par les lois
d'attraction et de répulsion, ne pourrions-nous pas
dire que la nature terrestre est basée sur le même
principe, que nous pourrions nommer *aspiration* et
respiration! — Lorsque nous apparaissons sur la
terre tout petits et taupes au physique comme au
moral, ne sommes-nous pas un souffle des poumons
de la nature, destinés à graviter, comme les satellites
des astres, autour de ce sein d'où nous sortons, et qui
nous alimente chaque jour de sa toute vie? Peu à peu
nos aspirations propres nous conduisent à l'apogée des

forces qui nous furent dévolues. Le déclin arrive, et la nature, en créancière arbitraire et tenace, nous retire ce qu'elle nous prêta, et nous aspirant de nouveau, nous fait repasser au creuset de la matière ductile que son pouvoir occulte malaxe incessamment.

Prise dans son ensemble, la nature est donc une *vie immense* entretenue par des milliers de vies diverses qui s'échappent de son sein par le pouvoir ascensionnel de sa respiration, et qui s'y réincorporent par le pouvoir répressionnel de l'aspiration.

Rien ne se perd dans cet immense TOUT. Assujetti aux lois d'ascension et de répression, le vide *est vivant*, puisqu'il est *mû*, puisqu'il transmet son éther sous des milliers de formes. Ainsi Dieu est à la fois, par ses successives transmutations, le moteur et la chose mue.

Si ce principe est rationnel, comme tout semble nous le démontrer ; si la vie n'est qu'*une* et multiple, la partie qui nous anime est donc celle qui fut dévolue à l'espèce humaine, à son origine, et sur laquelle elle a enté travaux sur travaux et progrès sur progrès.

L'*homme*, pris génériquement, ne peut être une manifestation fortuite et sans but assigné, car rien n'est fortuit dans l'univers. Or, si nous reconnaissons que notre immortalité n'est pas une vague hallucination, que la vie se transforme et se transmet par la mort, combien ne devons-nous pas nous efforcer de semer dans nos institutions toutes les mesures susceptibles de contribuer au bonheur et à la conservation de l'être humain !

Le dogme de la vie éternelle, tel que nous l'a trans-
mis le christianisme, ne peut plus long-temps être ad-
missible. La raison actuelle, la science et la conscience
innée que nous avons des transformations incessantes
qui s'opèrent en nous et hors de nous, le démentent
constamment. A l'époque et dans les lieux où il fut
émis, chez des peuples sans instruction et portés naturellement au merveilleux, chez ces enthousiastes
orientaux, cette croyance mystique dut trouver une
grande créance. Arrangée aux exigences du temps,
on la bigarra de plus en plus, et l'on força les fidèles
à prendre à la lettre l'hyperbole dans laquelle on
n'avait renfermé l'idée de *Dieu* que pour mieux le
faire sentir.

Mais aujourd'hui que nous avons fait l'autopsie de
cet échafaudage mythologique, aujourd'hui que nous
avons analysé ce que serait une substance sans corps,
une vie sans mouvemens, ne devons-nous pas pouvoir mieux traduire et apprécier *l'immensité* IN-
CRÉÉE?...... en faire ressortir la fraternité universelle,
et en étendre le divin banquet à tous les enfans de la
grande famille?

La rémunération qui nous fut promise après notre
mort n'est-elle pas la succession et l'héritage des travaux que nous exécutons chaque jour? Ne jouissons-
nous pas déjà des travaux et bienfaits des siècles antérieurs? Et depuis le toit que nous avons trouvé tout
construit pour nous abriter, jusqu'au télescope qui
nous fait lire dans les cieux, depuis la navette qui
trame nos tissus jusqu'à la vapeur qui nous donne

des ailes sur notre globe; depuis la simple tradition
orale jusqu'à l'indestructible génie de Guttemberg,
porte-voix vivant qui rapproche de nous l'antiquité la
plus reculée et nous unit déjà à l'avenir le plus
éloigné; en un mot, tous ces mille secrets découverts
dans nos jours de misère ou de prospérité, toutes ces
mille inventions humaines, ne sont-elles pas comme
autant de révélations que les racines de l'arbre de vie
ont été et seront tout aussi vivaces et ramifiées dans
l'avenir qu'elles l'ont été dans le passé, qu'elles le
sont dans le présent, et que la vie future qu'on nous
a promise et que nous pouvons sentir maintenant
sera une vie terrestre tout aussi positive qu'éthérée,
tout aussi divine qu'humaine, tout aussi humaine qué
divine?

Eh! qui pourrait nous dire d'une manière affir-
mative que toutes les choses dont nous jouissons
n'ont pas été faites par nous?.... Quoi! parce que
nous n'avons pas de réminiscence de notre antériorité,
est-ce une raison pour que le souffle de vie qui nous
anime n'ait précisément commencé que dans le corps
que nous nous connaissons? Devons-nous inférer de ce
que notre mémoire ne s'étend pas au-delà de notre en-
fance, que ce *moi* intellectuel, si vaste, qu'il parcourt
et les lieux et les temps, n'ait justement existé que
depuis que nous en sommes en possession?... Ah!
croyons la puissance de *Dieu* plus immense!... Le
secret d'une intuition parfaite ne nous est pas par-
venu, mais sommes-nous mûrs pour cela? sommes-
nous assez entièrement éveillés à la vie?... DIEU est-il

assez dans son œuvre pour que son œuvre se sente
vivre explicitement en lui?.... Non! car lorsque
cela existera, l'œuvre et l'ouvrier ne feront qu'un!....
O mon Dieu! je te sens et ne puis te comprendre!!..

. . . .

Travaillons donc à accomplir toutes les améliorations dont nous ressentons le permanent besoin. Sui-
vons un guide instinctif qui nous porte toujours à
vouloir quelque chose de mieux que ce que nous
avons. Ayons foi à cette faculté qui n'a pas été mise
en nous sans un but corrélatif et rationnel; ayons foi,
dis-je, au *désir* et à *l'espérance*, ces deux enfans du
ciel qui, ne vieillissant jamais dans nos cœurs, nous
inspirent sans cesse la pensée que nous pouvons être
heureux, et qu'une destinée jusqu'ici inconnue est devant nous.

Homme! sors de la sphère étroite où ton ilotisme
t'enferme! Élève, élève ta pensée!... Regarde ton
Dieu face à face, non pas seulement dans l'immensité
où tu ne peux le suivre, mais principalement dans ce
qui t'entoure, et te sens vivre!... Dieu, c'est ton pro-
chain, qu'il faut aimer et aider comme tu voudrais être
aimé et aidé toi-même, car le bien retourne à sa
source, et celui que tu fais en s'épandant revient à
toi!... *Dieu*, c'est la vie; ce sont les puissances am-
biantes qui flottent autour de ton être... Dieu, *c'est
la bonté, la joie, la béatitude;* c'est un ensemble dont
la négation la plus complète est ce que nous nommons
le *mal*. Tout dans son sein se coordonne avec une admirable sagesse, chaque rouage a son engrènement,

le mécanisme éternellement pondéré n'est qu'UN, et rien ne s'y fait sans un but moral.

Législateurs, je vous adjure au nom de *Dieu-humanité* de sonder le cœur et les besoins humains ! Croyez bien que les lois coërcitives ne font qu'irriter les passions sans pouvoir les détruire ; songez au bonheur dont vous pouvez commencer l'ère, et dont l'héritage vous adviendra d'une manière ou d'autre dans les siècles à venir !

FIN.

Imprimerie de Henri Dupuy, rue de la Monnaie, 11.

.

www.ingramcontent.com/pod-product-compliance
Lightning Source LLC
Chambersburg PA
CBHW061729180626
46818CB00006B/2537